Editora Zain

Todas as manhãs do mundo

Pascal Quignard

TRADUÇÃO
Yolanda Vilela

© Éditions Gallimard, Paris, 1991
© Editora Zain, 2023
Todos os direitos desta edição reservados à Zain.

Título original: *Tous les matins du monde*

Grafia atualizada segundo o Acordo Ortográfico da Língua
Portuguesa de 1990, que entrou em vigor em 2009.

EDITOR RESPONSÁVEL
Matthias Zain

CAPA
Paula Albuquerque

PROJETO DO MIOLO
Julio Abreu

PREPARAÇÃO
Cristina Yamazaki

REVISÃO
Marina Saraiva
Ingrid Cardoso

Dados Internacionais de Catalogação na Publicação (CIP)
(Câmara Brasileira do Livro, SP, Brasil)

Quignard, Pascal
Todas as manhãs do mundo / Pascal Quignard ; tradução
Yolanda Vilela. – 1ª ed. – Belo Horizonte, MG : Zain, 2023.

Título original: *Tous les matins du monde*

ISBN 978-65-85603-02-7

1. Ficção francesa I. Título.

23-156950   CDD-843

Índice para catálogo sistemático:
1. Ficção : Literatura francesa 843

Cibele Maria Dias – Bibliotecária – CRB-8/9427

Zain
R. São Paulo, 1665, sl. 304 – Lourdes
30170-132 – Belo Horizonte, MG
www.editorazain.com.br
contato@editorazain.com.br
instagram.com/editorazain

Sumário

Todas as manhãs do mundo   9
Posfácio de época   89

Todas as manhãs do mundo

I

Na primavera de 1650, a senhora de Sainte Colombe morreu. Deixou duas filhas, de dois e seis anos. O senhor de Sainte Colombe ficou inconsolável com a morte da esposa. Amava-a. Foi nessa ocasião que compôs o *Túmulo dos lamentos*.

Vivia com as duas filhas numa casa com um jardim que dava para o Bièvre. O jardim era estreito e cerrado até o riacho. Em suas margens havia salgueiros e também uma canoa, na qual Sainte Colombe se sentava à tardinha, quando o tempo estava agradável. Não era rico, embora não pudesse se queixar de pobreza. Tinha uma terra no Berry que lhe dava uma renda modesta e vinho, que ele trocava por tecidos e às vezes por caça. Não tinha habilidade para caçar e detestava trilhar as florestas que se elevavam acima do vale. O dinheiro pago por seus alunos completava-lhe os rendimentos. Ensinava viola da gamba, que estava na moda em Londres e em Paris. Era um mestre renomado. A seu serviço tinha dois criados e uma cozinheira, que cuidava das pequenas. Um homem que pertencia ao grupo de frequentadores de Port-Royal, o senhor de Bures, ensinou às crianças as letras, os números, a história sagrada e os rudimentos de latim que lhes permitiam compreendê-la. O senhor de Bures morava em um beco da rua Saint-Dominique-d'Enfer. Foi a senhora de Pont-Carré que recomendara o senhor de Bures a Sainte Colombe. Este ensinara a suas filhas, desde a mais tenra idade, as notas e as claves. Elas cantavam bem e tinham inclinações reais para a música. Quando Toinette completou cinco anos e Madeleine nove, os três juntos executavam pequenos trios vocais que apresentavam certas dificuldades, e ele se alegrava ao ver a elegância com que as filhas as resolviam. Naquela época, as pequenas se pareciam mais com Sainte Colombe e evocavam menos os traços da mãe; contudo, a lembrança desta última permanecia intacta nele. Passados três anos da sua morte, a imagem dela ainda continuava em seus olhos. Passados cinco anos, a voz dela ainda sussurrava em seus ouvidos. Era quase sempre taciturno, não ia a Paris nem a Jouy. Dois anos após o falecimento da senhora de Sainte Colombe, ele vendeu seu cavalo. Não conseguia superar a tristeza de não ter estado presente quando a mulher expirou. Na ocasião, encontrava-se à cabeceira de um amigo do falecido senhor Vauquelin, que desejara morrer com um pouco de vinho de Puisey e música. O amigo faleceu depois do almoço. Quando o senhor de Sainte Colombe chegou em casa, na carruagem do senhor de Savreux, passava da meia-noite. Sua mulher já estava vestida e cercada de círios e lágrimas. Ele não abriu a boca, mas não quis ver mais ninguém. Como o caminho para Paris não era calçado, eram necessárias duas boas horas a pé para chegar à cidade. Sainte Colombe fechou-se em casa e dedicou-se à música. Exercitou-se na viola durante anos, tornando-se um mestre conhecido. Durante as duas estações que se seguiram à morte da esposa, chegou a praticar quinze horas por dia. Mandara construir uma cabana no jardim, perto dos galhos de uma grande amoreira que datava dos tempos do senhor de Sully. Quatro degraus bastavam para alcançá-la. Assim, podia trabalhar sem incomodar as pequenas, que faziam as lições ou brincavam, ou então, depois que Guignotte, a cozinheira, as tivesse colocado na cama. Achava que a música importunaria a conversa das meninas, que tagarelavam no escuro antes de dormir. Encontrou uma maneira diferente de manter a viola entre os joelhos sem que fosse preciso apoiá-la na panturrilha. Acrescentou ao instrumento uma sétima corda, assim ele ficava mais grave e ganhava uma tonalidade mais melancólica. Aperfeiçoou a técnica do arco ao aliviar o peso da mão, fazendo a pressão ser exercida somente sobre a crina, com a ajuda dos dedos indicador e médio, o que realizava com um virtuosismo admirável. Um de seus alunos, Côme Le Blanc, o pai, dizia que ele conseguia imitar todas as inflexões da voz humana: do suspiro de uma jovem ao soluço de um idoso; do grito de guerra de Henrique de Navarra à suavidade da respiração de uma criança que desenha concentrada; do arquejo às vezes descompassado do prazer à gravidade quase muda, com pouquíssimos acordes, vazios, de um homem absorto em orações.

II

A estrada que levava à casa de Sainte Colombe ficava barrenta quando chegava o frio. Sainte Colombe detestava Paris, o estalido dos cascos dos cavalos e o tinir das esporas no calçamento, o ranger dos eixos das carruagens e o ferro das charretes. Era cheio de manias. Esmagava escaravelhos e besouros com a base dos castiçais, o que fazia um barulho singular: o lento estalar das mandíbulas e élitros sob a pressão regular do metal. As pequenas gostavam de vê-lo fazer aquilo com satisfação. Até lhe levavam joaninhas.

O homem não era tão frio quanto o descreviam; era desajeitado ao expressar as emoções; não sabia fazer os gestos de carinho de que as crianças tanto gostam; não era capaz de manter uma conversa durável com ninguém, salvo com os senhores Baugin e Lancelot. Sainte Colombe fora companheiro de estudos de Claude Lancelot e se encontrava às vezes com ele nos dias em que a senhora de Pont-Carré recebia convidados. Fisicamente, era um homem alto, espinhoso, muito magro, amarelo como um marmelo, brusco. Mantinha a coluna surpreendentemente reta, o olhar fixo, os lábios cerrados. Embora reservado, era capaz de se descontrair.

Gostava de jogar baralho com as filhas enquanto tomava vinho. Naqueles tempos, fumava todas as noites um longo cachimbo de barro das Ardennes. Não costumava seguir a moda. Usava os seus cabelos negros amarrados, como no tempo das guerras, e em volta do pescoço, sempre que saía de casa, um colarinho plissado. Na juventude, fora apresentado ao falecido rei e, desde então, sem que se soubesse por quê, nunca mais pôs os pés no Louvre ou no antigo castelo de Saint-Germain. Nunca mais tirou as roupas pretas.

Podia tanto ser violento e irritadiço quanto terno. Quando ouvia chorar durante a noite, acontecia-lhe de ir ao andar de cima e, com a vela nas mãos, cantar ajoelhado entre as filhas:

Sola vivebat in antris Magdalena
Lugens et suspirans die ac nocte...

ou então:

Ele morreu pobre e pobre eu viverei
E o ouro
Repousa
No palácio de mármore onde ainda brinca o rei.

Às vezes, as pequenas perguntavam, sobretudo Toinette:

"Como era a mamãe?"

Ele se entristecia, então, e não se podia tirar dele mais nenhuma palavra. Um dia, disse a elas:

"Vocês precisam ser boazinhas. Precisam ser trabalhadoras. Estou contente com as duas, sobretudo com Madeleine, que é mais sensata. Lamento a perda da vossa mãe. Cada uma das lembranças que guardei da minha esposa é um pedaço de alegria que nunca mais vou reaver."

Desculpou-se novamente com elas por não conseguir se expressar bem; a mãe delas, ela sim, sabia falar e rir; disse que, quanto a ele, tinha pouco apego à linguagem e nenhum prazer na companhia das pessoas, nem na dos livros e dos discursos. Mesmo as poesias de Vauquelin des Yveteaux e aquelas dos seus antigos amigos nunca lhe agradavam totalmente. Fora próximo do senhor de La Petitière, que tinha sido guarda-do-corpo do Cardeal, tornando-se mais tarde solitário e sapateiro daqueles senhores, substituindo o senhor Marais, o pai. O mesmo se aplicava à pintura, salvo a do senhor Baugin. O senhor de Sainte Colombe não apreciava a pintura que fazia, na época, o senhor de Champaigne. Considerava-a mais triste do que grave, e mais pobre do que sóbria. O mesmo valia para a arquitetura, a escultura, as artes mecânicas, a religião, com exceção da senhora de Pont-Carré. A verdade é que a senhora de Pont-Carré tocava teorba e alaúde muito bem, pois não sacrificara completamente a Deus esse dom. Ela lhe enviava de vez em quando sua carruagem, quando já não suportava mais tanta privação de música, o fazia ir a seu palacete e o acompanhava à teorba até ficar com a vista embaralhada. Tinha uma viola preta da época do rei Francisco I, que Sainte Colombe manejava como se fosse um ícone egípcio.

Era sujeito a cóleras sem motivos aparentes, o que apavorava as crianças, pois, durante esses acessos, quebrava os móveis gritando: "Ah! Ah!", como se estivesse sufocando. Era bastante exigente com elas, tinha medo de que não fossem muito bem instruídas por um homem sozinho. Era severo e não deixava de puni-las. Não sabia repreendê-las, nem levantar a mão para elas, nem lhes mostrar o chicote; assim, ele as trancava no celeiro ou na adega, onde as esquecia. Guignotte, a cozinheira, ia soltá-las.

Madeleine nunca se queixava. A cada cólera do pai, ela se comportava como uma embarcação que virava e afundava de repente: deixava de comer e se recolhia no silêncio. Toinette se rebelava, fazia reivindicações, gritava com ele. À medida que crescia, seu temperamento ficava cada vez mais parecido com o da senhora de Sainte Colombe. A irmã, com o rosto imerso no medo, não dizia uma palavra sequer e recusava até mesmo uma colherada de sopa. De resto, elas o viam pouco. Viviam na companhia de Guignotte, do senhor Pardoux e do senhor de Bures. Ou iam à capela limpar as estátuas, tirar as teias de aranha e arranjar as flores. Guignotte, que era originária do Languedoc e tinha o costume de deixar os cabelos sempre soltos nas costas, fizera-lhes varas de pescar quebrando galhos de árvores. Assim que o bom tempo chegava, as três, com um fio, um anzol e um papelote servindo de isca para ver os peixes fisgarem, enrolavam as saias e deslizavam os pés nus na lama. Tiravam do Bièvre a fritura da noite, que misturavam na frigideira com um pouco de farinha de trigo e vinagre do vinho das cepas do senhor de Sainte Colombe, que era bem medíocre. Durante esse tempo, o músico ficava horas sentado em seu tamborete, sobre um velho pedaço de veludo verde de Gênova que as suas nádegas haviam consumido, trancado em sua cabana. O senhor de Sainte Colombe a chamava de sua *"vorde"*. *"Vordes"* é uma palavra antiga que designa a borda úmida de um curso de água sob os salgueiros. No alto da amoreira, em frente aos salgueiros, com a cabeça ereta, os lábios cerrados, o torso inclinado sobre o instrumento, a mão tateando sobre os trastes, enquanto aperfeiçoava sua técnica com exercícios, acontecia de árias ou lamentos irromperem sob seus dedos. Quando reapareciam ou, quando se tornavam uma obsessão e o importunavam em seu leito solitário, abria o caderno de música vermelho e os transcrevia apressadamente para não mais se preocupar.

III

Quando a filha mais velha alcançou o tamanho necessário para a aprendizagem da viola, ele lhe ensinou as posições, os acordes, os arpejos, os ornamentos. A caçula ficou furiosa e quase fez uma tempestade por lhe ter sido recusada a honra que o pai concedia à irmã. Nem as privações de alimento nem a adega puderam conter Toinette e acalmar sua agitação.

Certa manhã, antes do despontar da aurora, o senhor de Sainte Colombe se levantou, seguiu o Bièvre até o rio, seguiu o Sena até a ponte da Dauphine e se entreteve durante todo o dia com o senhor Pardoux, seu luthier. Desenharam juntos. Calcularam juntos. Voltou ao cair da tarde. Na Páscoa, enquanto o sino da capela tocava, Toinette encontrou no jardim uma estranha redoma recoberta por uma sarja cinza, tal como um fantasma. Suspendeu o tecido e descobriu uma pequena viola medindo seis por doze polegadas. Era, com uma exatidão digna de admiração, uma viola como a do pai ou a da irmã, porém menor, como os potros em relação aos cavalos. Toinette não se conteve de alegria.

Estava pálida, branca feito leite, e chorou nos joelhos do pai de tanta felicidade. O temperamento do senhor de Sainte Colombe e sua pouca disposição para a linguagem faziam com que fosse extremamente pudico, e seu rosto permanecia inexpressivo e severo apesar do que pudesse estar sentindo. Apenas em suas composições se podia descobrir a complexidade e a delicadeza do mundo escondido sob esse rosto e por trás dos gestos raros e rígidos. Bebia vinho enquanto acariciava os cabelos da filha, que tinha a cabeça entranhada no seu gibão e as costas sacudidas por soluços.

Os concertos a três violas dos Sainte Colombe não tardaram a ficar famosos. Os jovens senhores ou os filhos da burguesia a quem o senhor de Sainte Colombe ensinava viola quiseram assistir. Os músicos que pertenciam à corporação ou que estimavam o senhor de Sainte Colombe também os frequentavam. Chegou a organizar um concerto a cada quinze dias, que começava nas vésperas e durava quatro horas. Esforçava-se, em cada ocasião, por oferecer obras novas. Contudo, pai e filhas dedicavam-se particularmente a improvisações sofisticadíssimas a três violas sobre um tema qualquer proposto por um dos ouvintes dos concertos.

IV

O senhor Caignet e o senhor Chambonnières frequentavam essas reuniões musicais e as elogiavam muito. Os senhores fizeram delas seu capricho, e até quinze carruagens chegaram a ser vistas paradas na estrada barrenta, além dos cavalos, obstruindo a passagem de viajantes e comerciantes que iam para Jouy ou Trappes. De tanto falarem, o rei quis ouvir aquele músico e suas filhas. Enviou o senhor Caignet – o violista oficial de Luís XIV e um dos cortesãos do círculo íntimo do rei. Foi Toinette que correu para abrir o portão do pátio e levou o senhor Caignet ao jardim. O senhor de Sainte Colombe, pálido e furioso por ter sido incomodado em seu recolhimento, desceu os quatro degraus de sua cabana e o cumprimentou.

Colocando novamente o chapéu, o senhor Caignet declarou:

"Senhor, viveis na ruína e no silêncio. Vossa selvageria é invejável. Sois invejado por essas verdes florestas que vos cercam."

O senhor de Sainte Colombe não afrouxou os lábios. Olhava fixamente para ele.

"Senhor", prosseguiu o senhor Caignet, "porque sois um mestre na arte da viola, recebi ordens para vos convidar a tocar na corte. Sua majestade manifestou o desejo de vos ouvir, e, caso fique satisfeita, acolher-vos-á entre os músicos da corte. Nessas circunstâncias, eu teria a honra de me encontrar ao vosso lado."

O senhor de Sainte Colombe respondeu que era um homem idoso e viúvo; que tinha duas filhas sob sua responsabilidade, o que o obrigava a levar uma vida mais retirada que qualquer outro homem; que o mundo lhe causava repulsa.

"Senhor", disse ele, "dediquei minha vida a umas tábuas cinzentas de madeira que se encontram próximas a uma amoreira; aos sons das sete cordas de uma viola; às minhas duas filhas. Os meus amigos são minhas lembranças. Minha corte são os salgueiros que ali estão, a água que corre, os peixes de água doce e as flores do sabugueiro. Direis à sua majestade que o seu palácio nada tem a ver com um selvagem que foi apresentado ao falecido rei, seu pai, há trinta e cinco anos."

"Senhor", respondeu o senhor Caignet, "não entendestes meu pedido. Pertenço à corte do rei. O desejo de sua majestade é uma ordem."

O senhor de Sainte Colombe enrubesceu. Seus olhos faiscaram de ódio. Aproximou-se para tocá-lo.

"Sou tão selvagem, senhor, que acredito pertencer somente a mim mesmo. Direis à sua majestade que ela se mostrou muito generosa quando pousou sobre mim seu olhar."

Enquanto falava, o senhor de Sainte Colombe

empurrava o senhor Caignet em direção à casa. Despediram-se. O senhor de Sainte Colombe voltou para a *"vorde"*, enquanto Toinette ia ao galinheiro, situado no canto entre o muro cercado e o Bièvre.

Enquanto isso, o senhor Caignet deu meia-volta e, com o chapéu e a espada, aproximou-se da cabana, afastou com a bota um peru e alguns pintinhos que ciscavam por ali, entrou debaixo do assoalho da cabana, sentou-se na relva, na sombra e nas raízes, e escutou. Partiu sem ser visto e chegou ao Louvre. Falou com o rei, relatou as razões que o músico alegara e comunicou-lhe a impressão maravilhosa e difícil que a música ouvida às escondidas lhe deixara.

V

O rei ficou descontente por não ter sido atendido pelo senhor de Sainte Colombe. Os cortesãos continuavam elogiando-lhe as improvisações virtuosísticas. O desprazer de não ter sido obedecido fazia aumentar a impaciência do rei em ver o músico tocar em sua presença. Enviou novamente o senhor Caignet acompanhado do abade Mathieu.

A carruagem que os levava era seguida por dois oficiais a cavalo. O abade Mathieu vestia uma batina de cetim preto, um pequeno colarinho de rendas plissado e trazia uma grande cruz de diamantes no peito.

Madeleine os acompanhou até a sala. O abade Mathieu, diante da lareira, apoiou as mãos recheadas de anéis na bengala de madeira avermelhada e castão de prata. O senhor de Sainte Colombe, diante da porta-balcão que dava para o jardim, apoiou as mãos nuas no espaldar de uma cadeira alta e estreita. O abade Mathieu começou dizendo estas palavras:

"Os músicos e os poetas da Antiguidade amavam a glória e choravam quando os imperadores ou os príncipes os mantinham afastados de sua presença.

Vós enterrais vosso nome em meio a perus, galinhas e peixinhos. Escondeis na poeira e na aflição orgulhosa um talento que vos é concedido por Nosso Senhor. Vossa reputação é conhecida do rei e de sua corte, está na hora, portanto, de queimardes vossas roupas toscas, de aceitardes os benefícios, de mandardes fazer uma peruca cacheada. Vosso colarinho plissado está fora de moda e..."

"... sou eu quem está fora de moda, senhores!", exclamou Sainte Colombe, sentindo-se ofendido pelos ataques à sua maneira de vestir-se. "Agradeci a sua majestade", gritou. "Prefiro a luz do poente sobre minhas mãos ao ouro que ela me oferece. Prefiro minhas roupas grosseiras às vossas perucas majestosas. Prefiro minhas galinhas aos violinos do rei e, a vós, prefiro meus porcos."

"Senhor!"

Mas o senhor de Sainte Colombe fazia ameaças com uma cadeira suspensa sobre a cabeça deles. Gritou, ainda:

"Deixai-me e não toqueis mais nesse assunto! Ou quebro esta cadeira em vossas cabeças."

Toinette e Madeleine estavam apavoradas com o estado do pai, que de braços estendidos segurava com dificuldade a cadeira acima da cabeça, e temiam que ele perdesse o controle. O abade Mathieu não pareceu assustado e, batendo com a bengala no chão, foi dizendo:

"Morrereis seco como um rato no fundo de vossa cabana de tábuas, sem que sejais conhecido."

O senhor de Sainte Colombe girou a cadeira e quebrou-a na beirada da lareira, gritando de novo:

"Vosso palácio é menor que uma cabana e vosso público é menos que uma pessoa."

O abade Mathieu aproximou-se, acariciando com os dedos a cruz de diamantes, e disse:

"Apodrecereis na lama, no horror dos subúrbios, afogado em vosso riacho."

O senhor de Sainte Colombe estava trêmulo e branco como papel, e quis pegar uma segunda cadeira. O senhor Caignet se aproximara, assim como Toinette. O senhor de Sainte Colombe soltava uns "Ah!" surdos para recuperar o fôlego, com as mãos apoiadas no espaldar da cadeira. Toinette soltou-lhe os dedos e eles o fizeram sentar-se. Enquanto o senhor Caignet vestia as luvas e o chapéu, e o abade o chamava de intratável, o senhor de Sainte Colombe disse baixinho, numa calma assustadora:

"Afogais-vos, por isso estendeis as mãos. Não contentes de terdes perdido o pé, gostaríeis ainda de atrair os outros para afundá-los."

Sua voz era lenta e irregular. O rei gostou dessa resposta quando o abade e o violista da corte a relataram. Pediu que deixassem o músico em paz, e ao mesmo tempo proibiu de forma expressa que os cortesãos frequentassem as reuniões musicais, por se tratar de alguém teimoso e próximo daqueles senhores de Port-Royal, antes de terem sido dispersados pelo próprio rei.

VI

Durante muitos anos eles viveram em paz e para a música. Toinette deixou de lado sua pequena viola e chegou o dia em que, uma vez por mês, tinha de usar toalhinhas entre as pernas. Davam somente um concerto por estação, ocasião em que o senhor de Sainte Colombe convidava colegas músicos, quando os estimava, e não convidava os senhores de Versalhes, nem mesmo os burgueses, que ascendiam à custa do rei. Ele anotava cada vez menos composições novas no caderno de capa de couro vermelho e não quis mais imprimi-las e submetê-las à apreciação do público. Dizia que eram improvisações transcritas no calor do momento, tendo valor só naquele momento, e que não seriam obras acabadas. Madeleine se tornava cada vez mais bela, de uma beleza esguia, cheia de curiosidades cujos motivos não conseguia perceber, o que lhe angustiava. Toinette se desenvolvia com alegria, invenção e virtuosismo.

Nos dias em que o humor e o bom tempo permitiam, ele ia até a canoa e, ali no riacho, junto à margem, punha-se a sonhar. A canoa era velha e pouco sólida, tinha sido feita na época em que o superintendente estava reorganizando os canais, era pintada de branco, embora os anos tivessem lhe descascado a pintura. Tinha a aparência de uma grande viola entalhada pelo senhor Pardoux. Ele gostava do balanço da água, da folhagem dos galhos dos salgueiros caindo no rosto e do silêncio e da concentração dos pescadores mais ao longe. Pensava na mulher, no entusiasmo que tinha por todas as coisas, nos conselhos sensatos que ela lhe dava quando os pedia, em suas entranhas e na grande barriga que lhe haviam dado duas meninas que se tornaram mulheres. Ouvia os peixinhos de água doce se debatendo e quebrando o silêncio com um movimento de rabo ou com as boquinhas brancas que se abriam na superfície da água para comer o ar. No verão, quando fazia muito calor, descia as calças, tirava a camisa e penetrava suavemente na água fresca até o pescoço, depois, tampando os ouvidos com os dedos, mergulhava o rosto.

Um dia em que tinha o olhar concentrado no movimento das ondas, cochilou e sonhou que entrava na água escura e fazia dela sua morada. Renunciara a todas as coisas que amava neste mundo: os instrumentos, as flores, os confeitos, as partituras enroladas, os escaravelhos, os rostos, os pratos de estanho, os vinhos. Ao sair do sonho, lembrou-se do *Túmulo dos lamentos*, que compusera quando, numa noite, a esposa o deixara para ir juntar-se à morte, e sentiu muita sede. Levantou-se, subiu até a margem agarrando-se nos galhos e foi buscar, sob as abóbadas da adega, uma garrafa de vinho *cuit* revestida de palha trançada. Jogou na terra batida a camada de óleo que preservava o vinho do contato com o ar. No escuro da adega, pegou uma taça e provou. Foi para a cabana do jardim onde se exercitava na viola, não tanto, para dizer a verdade, pela preocupação em não incomodar as filhas, e mais pelo interesse em estar fora do alcance de quaisquer ouvidos e poder, assim, testar as posições da mão e todos os movimentos possíveis do arco sem que ninguém pudesse julgar o que ele tinha vontade de fazer. Na toalha azul-claro que cobria a mesa onde armava a estante de partituras, apoiou a garrafa de vinho revestida de palha, a taça de vinho de haste longa, que ele enchera, um prato de estanho com alguns *biscuits* enrolados, e tocou o *Túmulo dos lamentos*.

Não precisou abrir o livro. Sua mão deslizava sozinha pelo braço do instrumento, e ele se pôs a chorar. À medida que o canto se intensificava, surgiu, ao lado da porta, uma mulher muito pálida que sorria para ele, e com o dedo nos lábios sorridentes sinalizava que não falaria e que ele não interrompesse o que estava fazendo. Ela contornou em silêncio a estante de partituras do senhor de Sainte Colombe. Sentou-se sobre o cesto de música que estava no canto, junto da mesa e do jarro de vinho, e ficou ouvindo-o.

Era a esposa dele, e suas lágrimas escorriam. Quando ergueu os olhos, depois de ter tocado a peça, ela já não estava mais ali. Deixou a viola de lado e, ao estender a mão para o prato de estanho, ao lado do garrafão, viu a taça meio vazia e se surpreendeu ao perceber ao lado, sobre a toalha azul, um *biscuit* mordiscado.

VII

Essa visita não foi a única. O senhor de Sainte Colombe teve medo de estar enlouquecendo, mas logo considerou que, se fosse loucura, ela o deixava feliz, e se fosse verdade, seria um milagre. O amor da mulher por ele era ainda maior que o seu por ela, uma vez que ela vinha ao seu encontro, e ele não podia fazer o mesmo. Pegou um lápis e pediu a um amigo que pertencia à corporação dos pintores, o senhor Baugin, que pintasse um tema representando a escrivaninha perto da qual a mulher havia aparecido. Mas não falou com ninguém sobre essa visita. Nem Madeleine, nem Toinette souberam de nada. Apenas a viola era sua confidente, e às vezes recopiava no caderno de marroquim, no qual Toinette traçara pautas musicais, os temas que as conversas ou os devaneios lhe inspiravam. No quarto, onde se trancava, porque o desejo e a lembrança da mulher o levavam algumas vezes a abrir a braguilha e ter prazer com a mão, dispunha lado a lado, na mesa perto da janela, ou na parede que dava para a grande cama de dossel que compartilhara com a mulher por doze anos, o livro de música de marroquim vermelho e a pequena tela de moldura negra que encomendara ao amigo. Ao vê-la sentia-se feliz. Andava menos nervoso, o que as filhas notaram mas não ousaram dizer. No íntimo, sentia que alguma coisa havia chegado ao final. Parecia mais calmo.

VIII

Certo dia, um rapazola de dezessete anos, vermelho como a crista de um velho galo, veio bater na porta de sua casa. Perguntou a Madeleine se podia solicitar ao senhor de Sainte Colombe que ele fosse seu mestre de viola e de composição. Madeleine o achou muito bonito e o fez entrar. O jovem, com a peruca nas mãos, deixou sobre a mesa uma carta dobrada em dois e lacrada com cera verde. Toinette chegou com Sainte Colombe, que, sentado em silêncio à outra ponta da mesa, não abriu a carta, mas fez sinal de que estava ouvindo. Enquanto o rapaz falava, Madeleine colocava na grande mesa, sobre a toalha azul, um garrafão de vinho revestido de palha e um prato de louça com bolos.

Ele se chamava senhor Marin Marais. Era rechonchudo. Nascera em 31 de maio de 1656 e aos seis anos de idade passou a integrar, por causa da sua voz, o coro da capela real da igreja situada junto à entrada do castelo do Louvre. Durante nove anos usara a sobrepeliz, a túnica vermelha, o barrete preto quadrado, dormira nos aposentos do claustro, aprendera as letras, a escrever, a ler e a tocar viola sempre que podia, pois os meninos corriam sem parar, fosse para o ofício da madrugada, os serviços na casa real, as missas solenes ou as vésperas.

Mais tarde, quando sua voz mudou, foi posto na rua, tal como estipulava o contrato com o coro. Ainda tinha vergonha. Sentia-se deslocado; pelos haviam crescido em suas pernas e no rosto; sua voz desafinava. Recordou a humilhação por que passara e cuja data ficara inscrita em sua mente: 22 de setembro de 1672. Pela última vez, sob o pórtico da igreja, inclinara-se e apoiara os ombros com força contra a grande porta de madeira dourada. Atravessara o jardim que contornava o claustro de Saint-Germain-l'Auxerrois. Vira, na relva, ameixas *quetsches*.

Pôs-se a correr rua afora, passou pelo For-L'Évêque, desceu a ladeira íngreme que levava às margens do rio e se deteve. O Sena estava envolto numa luminosidade intensa e espessa de fim de verão, misturada a uma bruma avermelhada. Seguiu soluçando ao longo da margem em direção à casa paterna. Chutava ou batia nos porcos, nos gansos, nas crianças que brincavam na relva e na lama ressecada do areal. Os homens nus e as mulheres de vestidos lavavam-se no rio, com água até a panturrilha.

A água que corria entre aquelas margens era uma ferida aberta. O ferimento que atingira sua garganta parecia-lhe tão irremediável quanto a beleza do rio. Aquela ponte, aquelas torres, a cidade antiga, sua infância e o Louvre, os prazeres da voz na capela, as brincadeiras no pequeno jardim do claustro, sua sobrepeliz branca, seu passado, as ameixas *quetsches* roxas, tudo ia embora para sempre, levado pelas águas avermelhadas. Seu companheiro de dormitório, Delalande, ainda conservava a voz, e por isso ficara. Seu coração estava cheio de saudade. Sentia-se só, como um animal balindo, o sexo volumoso e peludo pendente entre as coxas.

Com a peruca nas mãos, sentiu, de repente, vergonha do que acabara de dizer. O senhor de Sainte Colombe permanecia com o dorso ereto e as feições impenetráveis. Com um sorriso, Madeleine ofereceu ao adolescente um dos seus confeitos, o que o encorajava a falar. Toinette havia se sentado sobre o cesto, atrás do pai, com os joelhos no queixo. O rapaz prosseguiu.

Chegando à oficina de sapateiro, depois de cumprimentar o pai, não conseguira conter os soluços por mais tempo e subira apressadamente para se fechar no quarto, onde, à noite, guardavam os colchões de palha, logo acima da oficina em que o pai trabalhava. O pai, com a bigorna ou a forma de ferro nas pernas, não cessava de bater ou raspar o couro de um sapato ou de uma bota. As batidas do martelo faziam seu coração disparar e o enchiam de repugnância. Detestava o cheiro de urina das peles que maceravam e o odor insípido do balde de água sob a mesa de trabalho onde o pai deixava de molho os contrafortes. A gaiola de canários com seus piados, o tamborete de correias que rangia, os gritos do pai – tudo lhe era insuportável. Odiava os cantos estéreis e maliciosos que o pai cantarolava, detestava a tagarelice, a bondade e até mesmo os risos e gracejos dele quando um cliente entrava na oficina. A única coisa que parecia ter graça aos olhos do adolescente, no dia em que voltou para casa, era a luz tênue que, como um caule, caía do globo de velas logo acima da bancada, precisamente sobre as mãos calosas que seguravam o martelo ou empunhavam o cinzel. Ela tingia com uma coloração mais suave e amarelada os couros marrons, vermelhos, cinzas e verdes que estavam nas prateleiras ou que pendiam, presos por cordões coloridos. Foi nesse momento que disse a si mesmo que deixaria para sempre a família, que se tornaria músico, que se vingaria da voz que o abandonara, que se tornaria um violista famoso.

O senhor de Sainte Colombe encolheu os ombros.

Enquanto contorcia a peruca, o senhor Marais explicou que, ao deixar Saint-Germain-l'Auxerrois, fora procurar o senhor Caignet, que o acolhera por quase um ano e o enviara, em seguida, ao senhor Maugars, filho do violista que pertencera ao senhor de Richelieu. Ao recebê-lo, o senhor Maugars perguntou-lhe se ouvira falar da fama do senhor de Sainte Colombe e da sua sétima corda; este último havia concebido um instrumento de madeira que abarcava toda a extensão da voz humana – da criança, da mulher, do homem após a muda, que é mais grave. Durante seis meses o senhor Maugars o fizera estudar e depois, dando-lhe uma carta de recomendação, encorajou-o a procurar o senhor de Sainte Colombe, que morava do outro lado do rio. O jovem estendeu então a carta na direção de Sainte Colombe, que rompeu o lacre, abriu a carta, mas, sem que a tivesse lido, quis falar e se levantou. Foi assim que um adolescente que não ousava mais abrir a boca se deparou com um homem taciturno. O senhor de Sainte Colombe não conseguiu se exprimir, deixou novamente a carta sobre a mesa, aproximou-se de Madeleine murmurando que era preciso que o jovem tocasse. Ela saiu da sala. Vestido de preto, com seu colarinho plissado branco, o senhor de Sainte Colombe foi para perto da lareira, onde se sentou numa grande poltrona de braços.

Para a primeira lição, Madeleine emprestou sua viola. Marin Marais estava ainda mais confuso e vermelho do que quando entrara na casa. As meninas se sentaram mais perto, curiosas para ver como tocava o antigo coroinha de Saint-Germain-l'Auxerrois. Ele se adaptou rapidamente ao tamanho do instrumento, afinou-o e tocou com muita habilidade e virtuosismo uma suíte do senhor de Maugars.

Olhou para seus ouvintes. As moças abaixaram a cabeça. O senhor de Sainte Colombe disse:

"Não penso que posso vos acolher entre meus alunos."

Seguiu-se um longo silêncio que deixou trêmulo o rosto do adolescente. Ele gritou de repente, com a voz rouca:

"Dizei-me ao menos por quê!"

"Fazeis música, senhor. Mas não sois músico."

O rosto do adolescente ficou paralisado, as lágrimas inundaram seus olhos. Gaguejou, aflito:

"Ao menos deixai-me..."

Sainte Colombe se levantou e girou a grande poltrona de madeira em direção à lareira. Toinette disse:

"Esperai, meu pai. Talvez o senhor Marais tenha na lembrança uma ária de sua autoria."

O senhor Marin Marais assentiu. Apressou-se. Debruçou-se imediatamente sobre a viola a fim de afiná-la com cuidado, como jamais fizera, e tocou a *Badinage em Si*.

"Muito bom, pai, é muito bom!", disse Toinette aplaudindo quando ele acabou de tocar.

"O que dizeis?", perguntou Madeleine apreensiva, virando-se para o pai.

Sainte Colombe permanecera de pé. Afastou-se bruscamente e foi saindo. No momento de cruzar a porta da sala, virou-se e encarou o rapaz, que continuava sentado, com as faces rubras, apavorado, e disse:

"Voltai em um mês. Eu vos direi, então, se tendes valor suficiente para que eu possa vos aceitar entre meus alunos."

IX

A pequena ária de brincadeira que o adolescente tocara voltava-lhe, às vezes, à mente, emocionando-o. Era uma ária mundana e fácil, mas que tinha certa ternura. Por fim, acabou esquecendo a ária. Trabalhou ainda mais na cabana.

A quarta vez que sentiu o corpo da esposa ao lado, perguntou-lhe, desviando os olhos do rosto dela:

"Podeis falar, senhora, apesar da morte?"

"Sim."

Ele estremeceu, pois reconhecera a voz. Uma voz grave, no mínimo de contralto. Teve vontade de chorar, mas não conseguiu, tamanha era a surpresa pelo fato de o sonho falar. Com as costas trêmulas, ganhou coragem para voltar a perguntar:

"Por que vindes de tempos em tempos? Por que não vindes sempre?"

"Não sei", disse a sombra enrubescendo. "Vim porque vossa música me emocionou. Vim porque tivestes a bondade de me oferecer algo para beber e alguns *biscuits* para mordiscar."

"Senhora!", ele exclamou.

Levantou-se imediatamente, com uma impetuosidade que chegou a derrubar o tamborete. Afastou a viola do corpo, porque o incomodava, e encostou-a na parede de tábuas, à esquerda. Abriu os braços como se já quisesse abraçá-la. Ela gritou:

"Não!"

Ela se afastou. Ele baixou a cabeça. Ela disse:

"Os meus membros e os meus seios ficaram frios."

Tinha dificuldades em recobrar o fôlego. Dava a impressão de alguém que havia feito grande esforço. Enquanto dizia aquelas palavras, ela tocava as coxas e os seios. Ele baixou de novo a cabeça e ela voltou a se sentar no tamborete. Ao recuperar o fôlego, ela lhe disse de forma suave:

"Dai-me antes uma taça do vosso vinho tinto para eu molhar os lábios."

Ele saiu apressado rumo ao celeiro e desceu até a cave. Quando voltou, a senhora de Sainte Colombe não estava mais lá.

X

Quando chegou para a segunda lição, foi Madeleine que, muito esbelta, com as faces rosadas, abriu o portão.

"Como vou me banhar", disse ela, "estou prendendo os cabelos."

Sua nuca era cor-de-rosa, e à claridade do dia podiam se ver pequenos fios negros eriçados. De braços suspensos, os seios se comprimiam e se avolumavam. Foram para a cabana do senhor de Sainte Colombe. Era um lindo dia de primavera. Havia prímulas e borboletas. Marin Marais trazia a viola nos ombros. O senhor de Sainte Colombe o fez entrar na cabana ao lado da amoreira e, aceitando-o como aluno, disse:

"Conheceis a posição do corpo. Não falta sentimento ao vosso modo de tocar. Vosso arco é leve e ligeiro. Vossa mão esquerda salta como um esquilo e esgueira-se como um rato sobre as cordas. Vossos ornamentos são engenhosos e às vezes encantadores. Porém música não ouvi."

O jovem Marin Marais tinha sentimentos confusos à medida que ouvia as conclusões do mestre: estava feliz por ser aceito e, ao mesmo tempo, fervilhava de ódio diante das reservas que o senhor de Sainte Colombe alegava de modo impassível, uma após a outra, como quem estivesse apontando ao jardineiro as podas e as sementes. Ele continuava:

"Podereis ajudar a dançar aqueles que dançam. Podereis acompanhar os atores que cantam no palco. Tereis do que viver. Estareis cercado de música, mas não sereis músico.

"Tendes coração para sentir? Tendes cérebro para pensar? Imaginais a que podem servir os sons quando não se trata mais de dançar nem de divertir os ouvidos do rei?

"Contudo, vossa voz desafinada emocionou-me. Acolho-vos por vossa dor, e não por vossa arte."

Quando o jovem Marais desceu os degraus da cabana, viu, à sombra das folhagens, uma jovem esguia e nua escondida atrás de uma árvore; virou depressa a cabeça para não parecer que a vira.

XI

Os meses se passaram. Num dia de muito frio, com os campos cobertos de neve, eles não puderam tocar por muito tempo sem que ficassem congelados. Com os dedos adormecidos, deixaram a cabana e voltaram para casa e, junto da lareira, esquentaram vinho, acrescentando-lhe especiarias e canela, e o beberam.

"Este vinho aquece meus pulmões e meu ventre", disse Marin Marais.

"Conheceis o pintor Baugin?", perguntou Sainte Colombe.

"Não, senhor, e nenhum outro pintor."

"Encomendei-lhe um quadro há algum tempo. Está no canto da minha escrivaninha, que fica no meu gabinete de música. Vamos até lá."

"Agora?"

"Sim."

Marin Marais olhava Madeleine de Sainte Colombe: ela estava de perfil perto da janela, diante da vidraça que, embaçada, deformava a imagem da amoreira e dos salgueiros. Ela ouvia com atenção. Lançou-lhe um olhar singular.

"Vamos visitar o meu amigo", dizia Sainte Colombe.

"Sim", dizia Marin Marais.

Este, sem deixar de olhar para Madeleine, abria o gibão, ajustava e refazia o laço de sua gola de pele de búfalo.

"É em Paris", dizia o senhor de Sainte Colombe.

"Sim", respondeu Marin Marais.

Agasalharam-se. O senhor de Sainte Colombe protegeu o rosto com um cachecol de lã; Madeleine estendia-lhes chapéus, capas e luvas. O senhor de Sainte Colombe pegou o cinturão e a espada que estavam perto da lareira. Essa foi a única vez que o senhor Marais viu o senhor de Sainte Colombe usar espada. O jovem mantinha os olhos fixos na espada alcunhada: via-se ali, trabalhada em relevo, a imagem do barqueiro do Inferno com um croque na mão.

"Vamos, senhor", disse Sainte Colombe.

Marin Marais levantou a cabeça e eles saíram. Marin Marais pensava no ferreiro, no momento exato em que batia com a espada na bigorna. Lembrou-se da pequena bigorna de sapateiro que seu pai colocava sobre a coxa para dar marteladas. Voltou-lhe à memória a mão do pai e a calosidade deixada pelo martelo, quando, à noite, ele vinha lhe acariciar o rosto, por volta dos seus quatro ou cinco anos de idade, antes que trocasse a loja pelo coro. Pensou que cada ofício tinha suas mãos: os calos na ponta dos dedos dos tocadores de viola da gamba, as calosidades no polegar direito dos sapateiros. Nevava quando saíram da casa do senhor de

Sainte Colombe. Este estava envolto numa grande capa escura e apenas os olhos podiam ser vistos na abertura do cachecol de lã. Foi a única vez que o senhor Marais viu o mestre fora de seu jardim ou de sua casa. Achavam que ele nunca saía. Chegaram ao Bièvre pela nascente. O vento assobiava; os passos deles faziam um barulho seco na terra congelada. Sainte Colombe tomara o aluno pelo braço e com um dedo nos lábios fazia sinal de silêncio. Caminhavam ruidosamente, com o corpo inclinado sobre a estrada, lutando contra o vento que lhes fustigava os olhos abertos.

"Estais ouvindo, senhor", gritou ele, "é assim que a melodia se destaca do baixo."

XII

"É Saint-Germain-l'Auxerrois", disse o senhor de Sainte Colombe.

"Sei disso mais do que ninguém. Cantei aqui durante dez anos, senhor."

"Aqui estais", disse o senhor de Sainte Colombe.

Ele batia com a aldrava. Era uma porta estreita de madeira trabalhada. Ouviu-se o som do carrilhão de Saint-Germain-l'Auxerrois. Logo apareceu a cabeça de uma anciã. Ela portava uma touca antiga, pontiaguda na fronte. Encontraram-se perto do fogão no ateliê do senhor Baugin. O pintor estava concentrado na pintura de uma mesa: uma taça de vinho tinto pela metade, um alaúde recostado, um caderno de música, uma bolsa de veludo preto, cartas de baralho, sendo a primeira um valete de paus, um tabuleiro de xadrez sobre o qual havia um jarro com três cravos e um espelho octogonal apoiado na parede do ateliê.

"Tudo o que a morte vai levar está na sua noite", disse baixinho Sainte Colombe no ouvido do aluno. "São todos os prazeres do mundo que se vão dizendo-nos adeus."

O senhor de Sainte Colombe perguntou ao pintor

se poderia reaver a tela que lhe emprestara – o pintor quisera mostrá-la a um comerciante de Flandres que dela fizera uma cópia. O senhor Baugin fez sinal para a anciã com a touca pontiaguda na fronte; ela se inclinou e foi buscar os *biscuits* emoldurados em ébano. Ele mostrou a tela ao senhor Marais, apontando para a taça de haste longa e o enrolado dos confeitos amarelos. Em seguida, impassível, a anciã envolveu a tela em trapos e cordas. Ficaram olhando o pintor pintar. O senhor de Sainte Colombe sussurrou outra vez nos ouvidos do senhor Marais:

"Escutai o som do pincel do senhor Baugin."

Fecharam os olhos e o ouviram pintar. Depois, o senhor de Sainte Colombe disse:

"Aprendestes a técnica do arco."

Como o senhor Baugin se voltara perguntando sobre o que murmuravam, Sainte Colombe respondeu:

"Eu falava do arco e o comparava ao vosso pincel", disse.

"Penso que estais enganado", disse, rindo, o pintor. "Gosto do ouro. Pessoalmente, procuro o caminho que leva aos fogos misteriosos."

Despediram-se do senhor Baugin. A touca branca e pontiaguda inclinou-se diante deles com um gesto seco enquanto a porta se fechava. Na rua, a neve estava ainda mais violenta e espessa. Não enxergavam nada e tropeçavam na camada de neve. Entraram num local de jogo de pela que havia por ali. Tomaram uma tigela de sopa, soprando o vapor que a envolvia, enquanto andavam pelas salas. Viram senhores que jogavam rodeados por sua criadagem. As jovens mulheres que os acompanhavam aplaudiam as melhores jogadas. Em outra sala, em cima de estrados, viram duas mulheres a recitar. Uma delas dizia com voz impostada:

"Brilhavam por entre as tochas e as armas. Bela, sem ornamentos, no simples aparato de uma beleza que acaba de sair do sono. O que queres? Não sei se essa negligência, as sombras, as tochas, os gritos e o silêncio..."

A outra respondia lentamente, uma oitava abaixo:

"Eu quis lhe falar e minha voz se perdeu. Imóvel, paralisado por um longo estupor, de sua imagem eu quis, em vão, me desvencilhar. Tão presente a meus olhos, eu acreditava lhe falar, chegava a amar suas lágrimas que eu fazia escorrer..."

Enquanto as atrizes declamavam com amplos gestos estranhos, Sainte Colombe sussurrava no ouvido de Marais:

"Eis como se articula a ênfase de uma frase. A música também é uma língua humana."

Saíram do local de jogo de pela. A neve cessara, mas chegava na altura das botas. A noite caíra sem lua nem estrelas. Um homem passou com uma tocha, que protegia com a mão, e eles o seguiram. Alguns flocos de neve ainda caíam.

O senhor de Sainte Colombe deteve o discípulo segurando-o pelo braço: diante deles um menino descera as calças e urinava fazendo um buraco na neve. O barulho da urina quente perfurando a neve misturava-se ao barulho dos cristais da neve que, aos poucos, derretiam. Sainte Colombe colocou outra vez o dedo sobre os lábios.

"Aprendestes a técnica do *détaché* dos ornamentos", disse.

"É também uma passagem cromática descendente", retorquiu o senhor Marin Marais.

O senhor de Sainte Colombe encolheu os ombros.

"Colocarei uma escala cromática descendente sobre o vosso túmulo, senhor."

Foi, de fato, o que ele fez anos mais tarde. O senhor Marais acrescentou:

"Estaria a verdadeira música relacionada ao silêncio?"

"Não", disse o senhor de Sainte Colombe. Ele estava colocando de novo o cachecol de lã em torno da cabeça e enfiou o chapéu para segurá-lo. Deslocando o cinturão da espada, que lhe estorvava as pernas, e sem deixar de segurar o pacote de *biscuits* sob o braço, ele se virou e também urinou contra a parede. Voltou-se para o senhor Marais, dizendo:

"É tarde da noite. Sinto frio nos pés. Despeço-me agora."

E o deixou subitamente.

XIII

Era o início da primavera, o que o fazia sair da cabana. Cada um com sua viola nas mãos, sob a chuva fina e sem dizer uma palavra, atravessaram o jardim em direção à casa e entraram ruidosamente. Ele chamou as meninas gritando. Parecia enfurecido. Disse:

"Vamos, senhor. Vamos! É preciso fazer nascer uma emoção em nossos ouvidos."

Toinette desceu correndo as escadas. Sentou-se perto da porta-balcão. Madeleine veio beijar Marin Marais, que, afinando a viola entre as pernas, disse-lhe ter tocado na presença do rei, na capela. Os olhos de Madeleine ficaram mais sérios. O ambiente estava tenso como uma corda a ponto de arrebentar. Enquanto Madeleine enxugava com o avental as gotas de chuva da viola, Marin Marais repetia, sussurrando em seus ouvidos:

"Ele está furioso porque ontem toquei diante do rei, na capela."

O rosto do senhor de Sainte Colombe ficou ainda mais sombrio. Toinette fez um sinal. Sem se preocupar, Marin Marais explicava a Madeleine que haviam colocado uma braseira a carvão sob os pés da rainha. A braseira...

"Tocai!", disse o senhor de Sainte Colombe.

"Olha, Madeleine, queimei a parte de baixo da minha viola. Um dos guardas observou que a viola estava queimando e me fez um sinal com a alabarda. Ela não está queimada, não está verdadeiramente queimada. Está chamuscada e..."

Duas mãos bateram com grande violência no tampo da mesa. Todos se sobressaltaram. O senhor de Sainte Colombe esbravejou:

"Tocai!"

"Madeleine, olhe!", continuava Marin.

"Toque!", disse Toinette.

Sainte Colombe atravessou a sala correndo e arrancou o instrumento das mãos dele.

"Não!", gritou Marin Marais, levantando-se para pegar a viola. O senhor de Sainte Colombe estava descontrolado. Agitava a viola no ar. Marin Marais corria atrás dele pela sala com os braços estendidos, tentando pegar o instrumento e impedi-lo de cometer uma monstruosidade. Gritava: "Não! Não!". Madeleine, apavorada, torcia o avental. Toinette se levantara e corria atrás deles.

Sainte Colombe aproximou-se do fogo, ergueu a viola e despedaçou-a na pedra da lareira. O espelho que ficava na parte superior se quebrou com o choque. Marin Marais agachou-se de repente e começou a gritar. O senhor de Sainte Colombe jogou no chão e pisoteou, com suas botas afuniladas, o que restava da viola. Toinette puxava o pai pelo gibão, chamando-o pelo nome. Depois de um tempo, os quatro se calaram. Ficaram imóveis e abismados. Olhavam para aquele estrago sem nada entender. O senhor de Sainte Colombe, pálido, de cabeça baixa, olhava somente para as próprias mãos. Tentava dar uns suspiros "Ah! Ah!" de dor. Mas não conseguia.

"Pai, pai!", dizia Toinette, que, aos soluços, abraçava os ombros e as costas do pai.

Ele mexia os dedos e soltava pouco a pouco pequenos gritos "Ah! Ah!", como um homem que se afoga sem conseguir retomar o fôlego. Por fim, saiu da sala. O senhor Marais chorava nos braços de Madeleine, que tremia ajoelhada junto dele. O senhor de Sainte Colombe voltou com uma bolsa, cujo laço ia desfazendo. Contou os luíses que continha, aproximou-se, jogou a bolsa aos pés de Marin Marais e se foi. Marin Marais gritou às costas dele, enquanto se levantava:

"Senhor, bem poderíeis pedir desculpas pelo que fizestes!"

O senhor de Sainte Colombe se voltou e disse calmamente:

"Senhor, o que é um instrumento? Um instrumento não é a música. Tendes aí uma quantia suficiente para comprar um cavalo de circo para fazer cambalhotas diante do rei."

Madeleine chorava com o rosto na manga, enquanto tentava se levantar também. Os soluços lhe deixavam as costas trêmulas. Permanecia de joelhos no meio deles.

"Ouvi, senhor, os soluços de dor de minha filha, eles estão mais próximos da música que vossas escalas. Deixai de uma vez por todas este lugar, senhor, vós sois um grandessíssimo malabarista. Os pratos voam sobre vossa cabeça e jamais perdeis o equilíbrio, mas sois um músico medíocre. Sois um músico do tamanho de uma ameixa ou de um besouro. Deveríeis tocar em Versalhes, ou seja, na Pont-Neuf, e ganharíeis algumas gorjetas para uns goles."

O senhor de Sainte Colombe deixou a sala batendo a porta. O senhor Marais, por sua vez, correu até o pátio para ir embora. As portas batiam.

Madeleine correu atrás dele pela estrada e o alcançou. A chuva havia cessado. Segurou-o pelos ombros. Ele chorava.

"Ensinar-vos-ei tudo o que o meu pai me ensinou", ela lhe disse.

"Vosso pai é um homem mau e louco", disse Marin Marais.

"Não."

Em silêncio, ela fazia "não" com a cabeça. Disse uma vez mais:

"Não."

Ela viu as lágrimas escorrendo pelo rosto dele e enxugou uma delas. Percebeu as mãos de Marin se aproximarem das suas, completamente nuas sob a chuva que voltara a cair. Ela estendeu os dedos. Tocaram-se e estremeceram. Depois, apertaram as mãos, aproximaram os corpos, aproximaram os lábios. Beijaram-se.

XIV

Marin Marais vinha escondido do senhor de Sainte Colombe. Madeleine lhe mostrava, na viola, todos os artifícios que o pai lhe ensinara. De pé diante dele, fazia com que os tocasse, dispondo a mão no braço da viola, colocando a panturrilha para empurrar o instrumento para a frente, fazendo-o ressoar, ajustando-lhe o cotovelo e o braço direito para apoiar o arco. Assim se tocavam. E se beijavam nos cantos escuros. Amavam-se. Escondiam-se às vezes sob a cabana de Sainte Colombe para ouvir os novos ornamentos, para saber como ele progredia em maneira de tocar e quais eram, no momento, os acordes de sua preferência.

Quando completou vinte anos, no verão de 1676, o senhor Marais anunciou à senhorita de Sainte Colombe que havia sido contratado na corte como "músico do rei". Estavam no jardim; ela o empurrava para que ele ficasse sob o gabinete de tábuas construído nos galhos baixos da velha amoreira. Ela lhe ensinara tudo o que sabia.

Certo dia, uma tempestade desabou quando Marin Marais se escondia debaixo da cabana, e como havia apanhado friagem, espirrou violentamente várias vezes. O senhor de Sainte Colombe saiu na chuva e o surpreendeu com o queixo entre os joelhos na terra úmida, deu-lhe pontapés ao mesmo tempo que chamava a criadagem. Chegou a machucá-lo nos pés e nos joelhos, mas conseguiu fazê-lo sair dali tomando-o pelo colarinho, e pediu ao criado mais próximo que fosse buscar o chicote. Madeleine de Sainte Colombe se interpôs. Disse ao pai que amava Marin, conseguindo assim acalmá-lo. As nuvens de tempestade se dissiparam tão rapidamente como tinham sido violentas, e eles arrastaram para o jardim as cadeiras de tecido, onde se sentaram.

"Não quero vos ver de novo, senhor. Foi esta a última vez", disse Sainte Colombe.

"Não me vereis mais."

"Desejais desposar a minha filha mais velha?"

"Ainda não posso vos dar minha palavra."

"Toinette está na casa do luthier e voltará tarde", disse Madeleine desviando o rosto.

Ela viera se sentar na relva junto de Marin Marais, encostada na grande cadeira de tecido do pai. A relva já quase seca tinha um forte cheiro de feno. O pai contemplava, mais além do salgueiro, as florestas verdes. Ela olhou a mão de Marin, que se aproximava lentamente dela. Ele pousou os dedos no seio de Madeleine e os deslizou devagar até o ventre. Ela apertou as pernas e estremeceu. O senhor de Sainte Colombe não podia vê-los. Estava ocupado em dizer:

"Não sei se vos darei a mão de minha filha. Sem dúvida alguma, encontrastes um lugar em que os proventos são muito bons. Viveis num palácio e o rei aprecia as melodias com que lhe adornais os prazeres. Para mim, pouco importa que a arte se exerça em um grande palácio de pedras de cem aposentos ou em uma cabana que se move perto de uma amoreira. Penso que existe algo além da arte, além dos dedos, além dos ouvidos, além da invenção: a vida apaixonante que levo."

"Viveis uma vida apaixonante?", disse Marin Marais.

"Pai, levais uma vida apaixonante?"

Madeleine e Marin falaram ao mesmo tempo e, ao mesmo tempo, fitaram o velho músico.

"Senhor, agradais a um rei visível. Agradar não me convém. Invoco, juro-vos, invoco com as mãos algo invisível."

"Falais por enigmas. Jamais compreenderei bem o que queríeis dizer."

"E por essa razão, eu não esperava que caminhásseis ao meu lado, no meu pobre caminho feito de relva e pedregulhos. Pertenço a túmulos. Vós publicais composições habilidosas, às quais acrescentais engenhosamente dedilhados e ornamentos que me furtastes. Mas não passam de pequenas manchas pretas e brancas no papel!"

Com o lenço, Marin Marais limpava as marcas de sangue nos lábios. Inclinou-se de repente para o mestre.

"Senhor, há muito tempo que desejo vos fazer uma pergunta."

"Sim."

"Por que não publicais as melodias que tocais?"

"Oh, meus filhos, eu não componho! Nunca escrevi nada. São oferendas de água, lentilhas aquáticas, artemísia, pequenas larvas vivas que invento às vezes ao me lembrar de um nome e dos prazeres."

"Mas onde está a música nas vossas lentilhas, nas vossas larvas?"

"Quando manejo o arco, é um pedacinho de meu coração vivo que dilacero. O que faço não passa da disciplina de uma vida sem feriados. Cumpro meu destino."

XV

De um lado, os Libertinos estavam atormentados, de outro, os senhores de Port-Royal fugiam. Estes últimos planejaram comprar uma ilha na América, onde pretendiam se estabelecer, assim como fizeram os Puritanos perseguidos. O senhor de Sainte Colombe conservara laços de amizade com o senhor de Bures. O senhor Coustel dizia que os Solitários levavam o excesso de humilhação a tal ponto que preferiam a palavra "senhor" à própria palavra "santo". Na rua Saint-Dominique-d'Enfer as crianças também se tratavam entre si por "senhor", e não pelo primeiro nome. Às vezes, um desses senhores lhe enviava uma carruagem para que ele fosse tocar por ocasião da morte de um deles ou durante as Trevas. O senhor de Sainte Colombe não conseguia, então, deixar de pensar na esposa e nas circunstâncias que haviam antecedido sua morte. Sentia um amor que nada aplacava. Parecia-lhe que era o mesmo amor, o mesmo abandono, a mesma noite, o mesmo frio. Numa Quarta-feira Santa, em que havia tocado no Ofício das Trevas na capela do palácio da senhora de Pont-Carré, ele já havia guardado a partitura e se preparava para ir embora. Estava sentado numa cadeira de palha no pequeno corredor lateral. Sua viola estava ao lado, dentro da capa. O organista e duas irmãs interpretavam uma peça nova, que ele não conhecia, mas que era bela. Virou a cabeça para a direita: lá estava ela sentada ao seu lado. Inclinou a cabeça. Ela sorriu para ele, levantando um pouco a mão; usava meias-luvas negras e anéis.

"Agora é preciso voltar para casa", ela disse.

Ele se levantou, pegou a viola e seguiu-a na escuridão do corredor, margeando as estátuas dos santos recobertas por tecidos violeta.

Na viela, abriu a porta da carruagem, estendeu o estribo e subiu atrás dela, colocando a viola à frente. Disse ao cocheiro que estava voltando para casa. Sentiu a suavidade do vestido da esposa ao seu lado. Perguntou-lhe se havia demonstrado outrora a que ponto a amava.

"Tenho, de fato, lembrança das vossas demonstrações de amor", ela disse, "mas não me teríeis desagradado se em vossas demonstrações houvesse mais palavras."

"Era tão pobre e raro assim?"

"Era tão pobre como frequente, meu amigo, e quase sempre mudo. Eu vos amava. Como gostaria ainda de vos oferecer pêssegos amassados!"

A carruagem parou. Estavam em frente à casa. Ele desceu da carruagem e estendeu a mão para que ela também descesse.

"Não posso", disse ela.

A expressão de dor no senhor de Sainte Colombe fez com que ela lhe desejasse estender a mão.

"Não pareceis bem", ela disse.

Ele tirou a viola da capa e a apoiou no chão. Sentou-se no estribo e chorou.

Ela havia descido. Ele se levantou apressadamente e abriu o portão. Atravessaram o pátio pavimentado, subiram as escadas externas, entraram na sala e ele encostou a viola na pedra da lareira. Dizia-lhe:

"Minha tristeza é indescritível. Tendes razão quando me repreendestes. A palavra jamais consegue dizer o que quero falar e não sei como dizê-lo..."

Empurrou a porta que dava para a balaustrada e para o jardim de trás. Caminharam no gramado. Apontou para a cabana, dizendo:

"Nesta cabana eu consigo falar!"

Voltou a chorar baixinho. Foram até a canoa. A senhora de Sainte Colombe subiu na canoa branca enquanto ele a segurava pela borda, mantendo-a junto à margem. Ela suspendera o vestido para colocar os pés no assoalho úmido da embarcação. Ele se reergueu. Continuava com as pálpebras baixadas. Não viu que a canoa desaparecera. Recomeçou, depois de algum tempo, com as lágrimas ainda a escorrer pelo rosto:

"Não sei como dizer, senhora. Doze anos se passaram, mas nossos lençóis ainda não esfriaram."

XVI

As visitas do senhor Marais se tornaram mais raras. Madeleine ia se encontrar com ele em Versalhes ou em Vauboyen, onde se amavam numa cama de albergue. Madeleine lhe contava tudo. Foi assim que lhe confidenciou que o pai compusera as mais belas árias do mundo, mas não permitia que ninguém as ouvisse. Havia *As lágrimas*. Havia *A barca de Caronte*.

Certa vez levaram um susto. Estavam em casa, pois Marin Marais tentava ouvir, sob os galhos da amoreira, as tais árias de que falara Madeleine. Ela estava de pé diante dele, na sala. Marin estava sentado. Ela se aproximara e estendera os seios junto do rosto dele. Desabotoou a parte de cima do vestido e afastou a combinação. Seu busto irrompeu. Marin Marais não pôde deixar de mergulhar ali o rosto.

"Manon!", gritou o senhor de Sainte Colombe.

Marin Marais escondeu-se no vão da janela mais próxima. Madeleine estava pálida e ajeitava a roupa apressadamente.

"Sim, pai."

"Precisamos fazer nossas escalas em terças e em quintas."

"Sim, pai."

Ele entrou. O senhor de Sainte Colombe não viu Marin Marais. Saíram de imediato. Quando, ao longe, os ouviu afinar os instrumentos, Marin Marais saiu do vão da janela e quis deixar a casa discretamente, passando pelo jardim. Deparou com Toinette, que, apoiada na balaustrada, contemplava o jardim. Ela o segurou pelo braço.

"E eu, o que achas de mim?"

Estendeu os seios como fizera a irmã. Marin Marais riu, beijou-a e se esquivou precipitadamente.

XVII

Outra vez, algum tempo depois, num dia de verão em que Guignotte, Madeleine e Toinette combinaram de ir à capela para limpar as estátuas dos santos, tirar as teias de aranha, lavar o chão, desempoeirar as cadeiras e os bancos, e depositar flores no altar, Marin Marais as acompanhou. Ele subiu no púlpito e tocou uma peça para órgão. Via lá embaixo Toinette esfregando, com um pano de chão, o piso e os degraus que circundavam o altar. Ela lhe fez um sinal. Ele desceu. Fazia muito calor. De mãos dadas, passaram pela porta da sacristia, atravessaram correndo o cemitério, pularam o muro e ganharam os arbustos que faziam o contorno do bosque.

Toinette estava ofegante. Seu vestido deixava à mostra a parte de cima dos seios, que brilhavam de suor. Seus olhos reluziam. Empinou os seios.

"O suor deixa as bordas do meu vestido molhadas", disse.

"Tendes seios maiores que os da vossa irmã."

Olhava para aqueles seios. Quis aproximar os lábios, segurou-a pelos braços, quis se afastar dela e ir embora. Parecia desorientado.

"Meu ventre está queimando", ela disse, tomando as mãos dele e colocando-as entre as suas. Puxou-o.

"Vossa irmã...", ele murmurava enquanto a abraçava. Apertavam-se um contra o outro. Beijou os olhos dela. Desarrumou-lhe a roupa.

"Tirai vossas roupas e possuí-me", disse ela.

Era ainda uma criança. Repetia:

"Despi-me e ficai nu também!"

Seu corpo de mulher era redondo e cheio. Depois de se possuírem, no momento em que se vestia, nua, obliquamente iluminada pela luz do poente, com os seios pesados, as coxas se destacando do fundo das folhagens do bosque, ela lhe pareceu a mulher mais bela do mundo.

"Não me envergonho", disse ela.

"Eu me envergonho."

"Senti desejo."

Ele a ajudou a dar o laço no vestido enquanto ela erguia os braços e os mantinha suspensos no ar. Ele apertava sua cintura. Ela não vestia peça íntima sob o vestido. Ela disse:

"Além do mais, Madeleine vai agora emagrecer."

XVIII

Estavam seminus no quarto de Madeleine. Marin Marais encostou-se na cabeceira da cama. Ele dizia:

"Vou deixar-vos. Vistes que na extremidade do meu corpo já não havia nada que eu pudesse vos oferecer."

Ela pegou as mãos de Marin Marais e, lentamente, colocando o rosto entre elas, se pôs a chorar. Ele suspirou. O amarrilho que prendia o cortinado da cama caiu enquanto ele tentava prender as calças. Ela tirou os cordões das mãos dele e os levou até os lábios.

"Vossas lágrimas são doces e me tocam. Abandono-vos porque vossos seios não estão mais em meus sonhos. Vi outros rostos. Nossos corações são uns esfomeados. Nosso espírito não descansa. A vida é tão bela quanto feroz, tal como nossas presas."

Ela se calava, brincava com os cordões, acariciava o ventre sem olhar para ele. Levantou a cabeça, encarou-o de súbito e, muito vermelha, murmurou:

"Pare de falar e vá embora."

XIX

A senhorita de Sainte Colombe adoeceu, e de tão magra e fraca caiu de cama. Estava grávida. Marin Marais não ousava pedir notícias, mas combinara com Toinette que um dia viria, mais além do lavadouro, junto do Bièvre. Ali, dava feno ao cavalo e procurava saber da gravidez de Madeleine. Ela deu à luz um menino natimorto. Confiou à Toinette um embrulho, que foi entregue à irmã: eram sapatos amarelos de cano curto, tinham laços e eram de couro de vitelo, haviam sido confeccionados por seu pai a pedido dele. Madeleine quis queimá-los na lareira, mas Toinette a impediu. Ela se restabeleceu. Leu os "Padres do Deserto". Com o passar do tempo, ele parou de vir.

Em 1675, ele se dedicava à composição junto ao senhor Lully. Em 1679, Caignet morreu. Aos vinte e três anos, Marin Marais foi nomeado Ordinário da Câmara do rei, ocupando o lugar de seu primeiro mestre. Assumiu assim a direção de orquestra no posto do senhor Lully. Compôs óperas. Casou-se com Catherine d'Amicourt e com ela teve dezenove filhos. No ano em que foram abertas as valas comuns de Port-Royal (ano em que o rei exigiu por escrito que derrubassem os muros e exumassem o corpo dos senhores Hamon e Racine e que os jogassem aos cães), ele retomou o tema de *Sonhadora*.

Em 1686, morava na rua do Jour, perto da igreja Saint-Eustache. Toinette se casara com o senhor Pardoux, o filho, que, como o pai, era luthier na Cidade Antiga, e com quem teve cinco filhos.

XX

Era primavera quando sentiu pela nona vez a presença da mulher. Foi durante a grande perseguição de junho de 1679. Havia colocado o vinho e o prato de *biscuits* sobre a mesa de música. Estava tocando na cabana. Parou de tocar e disse:

"Como é possível virdes aqui após a morte? Onde está minha canoa? Para onde vão minhas lágrimas quando vos vejo? Não sereis, antes, um sonho? Estarei ficando louco?"

"Não vos inquieteis. Vossa canoa apodreceu há muito tempo no riacho. O outro mundo é tão estático quanto era vossa embarcação."

"Eu sofro, senhora, por não poder vos tocar."

"Não há nada a tocar, senhor, além do vento."

Ela falava lentamente, como fazem os mortos. Acrescentou:

"Credes não haver sofrimento quando se é vento? Algumas vezes esse vento até nos traz fragmentos de música. Algumas vezes a luz leva aos vossos olhos fragmentos de nossa aparência."

Calou-se novamente. Olhava as mãos do marido, que ele havia colocado sobre a madeira avermelhada da viola.

"Como não sabeis falar!", disse ela. "Que quereis, meu amigo? Tocai."

"O que olháveis em silêncio?"

"Tocai! Eu olhava vossa mão envelhecida sobre a madeira da viola."

Ele se deteve. Olhou a esposa e, pela primeira vez na vida, ou como se não a tivesse visto até então, olhou a própria mão macilenta, amarelada, com a pele, de fato, ressecada. Estendeu as mãos. Estavam manchadas pela morte, e sentiu-se feliz. Essas marcas da velhice o aproximavam dela ou do estado dela. O coração disparou, tamanha era a alegria que sentiu, e os dedos tremiam.

"Minhas mãos", dizia. "Falais das minhas mãos!"

XXI

Naquele momento, o sol já tinha se posto. O céu estava repleto de nuvens de chuva e havia escurecido. O ar estava carregado de umidade e anunciava a chegada de um temporal. Ele seguiu o Bièvre. Reviu a casa com a pequena torre e deparou com os muros altos que a protegiam. Ao longe, por alguns momentos, ouvia o som da viola do mestre. Ficou emocionado. Seguiu rente ao muro até a margem e, agarrando-se às raízes de uma árvore exposta por uma inundação, conseguiu contornar o muro e alcançar o talude da margem que pertencia aos Sainte Colombe. Do grande salgueiro restava apenas o tronco. A canoa também não estava mais ali. Disse a si mesmo: "O salgueiro se partiu. A canoa afundou. Amei mulheres que sem dúvida já são mães. Conheci a beleza delas." Não viu as galinhas nem os gansos ao redor de suas pernas: Madeleine não devia morar mais ali. Antigamente, ela os recolhia à tardinha, e os piados e a agitação eram ouvidos na escuridão.

Deslizou à sombra do muro e, deixando-se guiar pelo som da viola, aproximou-se da cabana do mestre e, envolto na capa de chuva, aproximou o ouvido da cerca. Eram longos lamentos arpejados. Asseme-lhavam-se às árias que, naqueles tempos, Couperin, o jovem, improvisava nos órgãos de Saint-Gervais. Uma pequena fresta da janela deixava passar o cla-rão de uma vela. Depois, como a viola havia parado de ressoar, ele o ouviu conversar com alguém, em-bora não tivesse percebido respostas.

"Minhas mãos", dizia. "Falais das minhas mãos!"

E também:

"O que olháveis em silêncio?"

Ao fim de uma hora, o senhor Marais foi em-bora tomando o mesmo caminho difícil por onde havia chegado.

XXII

No inverno de 1684, um salgueiro se partira sob o peso do gelo, danificando a margem. Pelo buraco das folhagens via-se a casa de um lenhador na floresta. O senhor de Sainte Colombe ficara muito afetado pela queda do salgueiro, pois coincidira com a doença da filha Madeleine. Ele vinha à cabeceira da filha mais velha. Sofria, tentava, mas nada encontrava para lhe dizer. Acariciava o rosto desencarnado da filha com suas mãos velhas. Certa noite, numa dessas visitas, ela pediu ao pai que tocasse *Sonhadora*, que o senhor Marais lhe compusera em outros tempos, quando a amava. Ele se recusou e saiu do quarto muito irritado. Contudo, pouco depois, o senhor de Sainte Colombe foi procurar Toinette na ilha, no ateliê do senhor Pardoux, pedindo que ela avisasse o senhor Marais. Depois disso, foi a tristeza que se sabe. O senhor de Sainte Colombe não só deixou de falar durante dez meses como não mais tocou em sua viola: era a primeira vez que experimentava esse desgosto. Guignotte morrera. Ele nunca abusara dela, tampouco havia tocado em seus cabelos, que ela usava soltos nas costas, ainda que a houvesse cobiçado. Ninguém mais lhe preparava o cachimbo de barro nem o jarro de vinho. Dizia aos criados que podiam ir para o sótão se deitar ou jogar baralho. Preferia ficar sozinho, com um candelabro, sentado junto à mesa, ou com um castiçal, na cabana. Não lia. Não abria o livro de marroquim vermelho. Recebia os alunos sem um olhar sequer, permanecendo imóvel, o que o levou a lhes dizer que não perdessem mais tempo vindo estudar música.

Naqueles tempos, o senhor Marais vinha tarde da noite e, com os ouvidos colados na parede de madeira, escutava o silêncio.

XXIII

Numa tarde, Toinette e Luc Pardoux foram encontrar o senhor Marais quando este estava de serviço, em Versalhes: Madeleine de Sainte Colombe tinha febre alta e repentina, causada pela varíola. Temiam que morresse. Um guarda avisou o Ordinário da Câmara que uma tal Toinette o aguardava na rua.

Chegou constrangido, com suas rendas, seus saltos ornados de dourado e vermelho. Marin Marais foi desagradável. Mostrando o bilhete que ainda estava em suas mãos, começou dizendo que não iria. Perguntou, em seguida, a idade de Madeleine. Ela nascera no ano em que o rei morrera. Estava com trinta e nove anos, e Toinette dizia que a irmã mais velha não suportava a ideia de chegar solteira aos quarenta anos. O marido de Toinette, o senhor Pardoux, o filho, achava que Madeleine estava de cabeça virada. Começara comendo pão de farelo, em seguida, parara de comer carne. Agora, a mulher que substituíra Guignotte alimentava-a às colheradas. O senhor de Sainte Colombe colocou na cabeça que devia lhe dar pêssegos em calda a fim de mantê-la viva, mania que dizia ter herdado da esposa. O senhor Marais levara a mão aos olhos quando Toinette pronunciara o nome do senhor de Sainte Colombe. Madeleine vomitava tudo. Como os senhores afirmavam que a varíola levava à castidade e ao claustro, Madeleine de Sainte Colombe retorquiu que santidade era servir ao pai e claustro era a "*vorde*" no Bièvre, e que, sabendo disso, era inútil questioná-lo. Quanto a estar desfigurada, disse que não pedia que lamentassem; já era magra e formosa como os cardos: outrora chegara a ser abandonada por um homem porque seus seios, quando emagrecera de dor, haviam se tornado grandes como avelãs. Não comungava mais, sem que fosse preciso ver nisso alguma influência do senhor de Bures ou do senhor Lancelot. Mas continuava piedosa. Durante anos fora à capela fazer orações. Subia no púlpito, olhava o coro e as lajes que contornavam o altar, sentava-se ao órgão. Dizia que oferecia aquela música a Deus.

O senhor Marais perguntou sobre o senhor de Sainte Colombe. Toinette respondeu que estava bem, mas não queria tocar a peça chamada *Sonhadora*. Há seis meses apenas, Madeleine ainda arrancava as ervas daninhas do jardim e plantava sementes de flores. Agora, estava muito fraca para ir à capela. Quando conseguia andar sem cair, decidia servir sozinha o pai à mesa, à tardinha, talvez por espírito de humildade ou pelo desprazer que a ideia de comer lhe inspirava, ficando em pé atrás da cadeira dele. O senhor Pardoux afirmava que Madeleine dissera à sua mulher que, de noite, ela queimava os braços nus com a cera das velas. Madeleine mostrara a Toinette as feridas na parte superior dos braços. Não dormia, no que era parecida com o pai. O pai a olhava andar de um lado para o outro, ao luar, perto do galinheiro ou então caída de joelhos na relva.

XXIV

Toinette convenceu Marin Marais. Levou-o até a casa, após ter prevenido o pai, para que o senhor de Sainte Colombe não tivesse que vê-lo. O quarto que adentrou cheirava a seda mofada.

"Estais coberto de fitas magníficas, senhor, e gordo", disse Madeleine de Sainte Colombe.

Ele nada disse. Empurrou um tamborete para perto da cama, onde se sentou, mas achou-o baixo demais. Preferiu ficar de pé, com uma espécie de constrangimento, o braço apoiado na grade da cama. Ela achava que as calças dele, de cetim azul, estavam muito apertadas: quando se mexia, elas moldavam-lhe as nádegas, acentuavam-lhe as pregas da barriga e a protuberância do sexo. Ela dizia:

"Agradeço-vos por terdes vindo de Versalhes. Gostaria que tocásseis aquela ária que, em outros tempos, compusestes para mim e que foi impressa."

Ele disse que devia se tratar, sem dúvida, de *Sonhadora*. Ela o olhou fixamente nos olhos e disse:

"Sim. E sabeis por quê."

Ele se calou. Abaixou a cabeça em silêncio e depois virou-se bruscamente para Toinette pedindo que fosse buscar a viola de Madeleine.

"Vossas faces estão encovadas. Vossos olhos estão fundos. E vossas mãos tão emagrecidas!", disse cheio de pavor depois que Toinette saiu.

"É uma constatação muito delicada da vossa parte."

"Vossa voz está mais baixa que em outros tempos."

"E a vossa mais aguda."

"Teríeis talvez algum desgosto? Emagrecestes tanto!"

"Não me lembro de ter tido algum desgosto recentemente."

Marin Marais tirou as mãos da colcha da cama. Afastou-se até encostar na parede do quarto, à sombra do vão da janela. Ele falava baixinho:

"Guardais mágoa de mim?"

"Sim, Marin."

"Ainda tendes ódio de mim pelo que fiz no passado?"

"Não apenas de vós, senhor! Alimentei ressentimentos também contra mim. Odeio-me por ter me deixado definhar, inicialmente por vossa lembrança, e depois por pura tristeza. Não sou mais que os ossos de Titônio!"

Marin Marais sorriu. Aproximou-se da cama. Disse-lhe que nunca a achara muito gorda e que se lembrava de quando, em outros tempos, segurava a coxa dela com as mãos e os dedos dele a contornavam e se encontravam.

"Sois muito espirituoso", disse ela. "E pensar que eu gostaria de ter sido vossa esposa!"

A senhorita de Sainte Colombe puxou bruscamente o lençol da cama. O senhor Marin Marais afastou-se com tanta precipitação que derrubou o cortinado da cama, desmontando-a. Ela suspendera o vestido para descer da cama, ele via as coxas dela e o sexo completamente nus. Ela pôs os pés descalços no ladrilho soltando um gritinho, esticou o tecido da combinação na direção dele, colocando-a entre os dedos e dizendo:

"O amor que me tinhas não era muito maior que a bainha desta combinação."

"Estás mentindo."

Calaram-se. Ela pousou a mão magra no punho repleto de fitas de Marin Marais, dizendo-lhe:

"Toque, por favor."

Tentava subir novamente na cama, mas ela era alta demais. Ele ajudou-a empurrando-a pelas nádegas descarnadas. Estava leve como uma almofada. Ele pegou a viola das mãos de Toinette, que já estava de volta. Toinette procurou a braçadeira, recolocou o cortinado da cama e os deixou. Ele começou a tocar *Sonhadora* e ela o interrompeu exigindo que tocasse mais lentamente. Ele recomeçou. Ela o observava tocar com olhos que ardiam de febre. Não os fechava. Olhava cada detalhe daquele corpo a tocar.

XXV

Ela estava ofegante. Aproximou os olhos da vidraça da janela. Através das bolhas de ar que havia ali, viu Marin Marais ajudando a irmã a subir na carruagem. Por sua vez, ele apoiou o salto enfeitado de ouro e vermelho no estribo e desapareceu, fechando a porta dourada. A noite caía. Descalça, ela procurou um candelabro, em seguida remexeu o guarda-roupa, agachou-se, pegou um velho sapato amarelo mais ou menos chamuscado, no mínimo ressequido. Apoiando-se na divisória e com a ajuda do tecido do vestido, ficou em pé de novo e voltou para a cama com o candelabro e os sapatos. Colocou-os na mesa de cabeceira. Ofegava como se três quartos de seu fôlego tivessem se esgotado. Sussurrou, ainda:

"Ele não queria ser sapateiro."

Repetia essa frase. Recostou-se no colchão e na madeira da cama. Retirou um grande cadarço do sapato amarelo, deixando-o ao lado da vela. Minuciosamente, fez um nó corrediço. Endireitou-se e aproximou o tamborete que Marin Marais pegara e no qual havia se sentado. Puxou-o para debaixo da viga mais próxima da janela, subiu nele com a ajuda do cortinado da cama, conseguiu fixar o cadarço com cinco ou seis voltas numa grande ponta que se encontrava ali, enfiou a cabeça no nó e o apertou. Teve dificuldade em derrubar o tamborete. Sapateou e dançou por muito tempo antes que ele caísse. Quando seus pés encontram o vazio, ela soltou um grito; um brusco estremecimento sacudiu-lhe os joelhos.

XXVI

Todas as manhãs do mundo são sem retorno. Os anos se passaram. Ao se levantar, o senhor de Sainte Colombe acariciava a tela do senhor Baugin e vestia sua camisa. Ia tirar o pó da cabana. Era um velho. Cuidava igualmente das flores e dos arbustos que a filha mais velha plantara antes de se enforcar. Em seguida, acendia o fogo e esquentava o leite. Pegava um prato fundo de louça grosseira e preparava o mingau.

O senhor Marais não tinha visto o senhor de Sainte Colombe desde o dia em que fora surpreendido espirrando embaixo da cabana, molhado até os ossos. O senhor Marais tinha a lembrança de que o senhor de Sainte Colombe conhecia árias que ele ignorava, e que eram consideradas as mais belas do mundo. Às vezes, acordava no meio da noite se recordando dos nomes que Madeleine lhe sussurrara secretamente em seus ouvidos: *As lágrimas, Os infernos, A sombra de Eneias, A barca de Caronte*, e lamentava viver sem tê-las ouvido uma vez sequer. Jamais o senhor de Sainte Colombe publicaria o que compusera, nem o que seus próprios mestres haviam lhe ensinado. O senhor Marais sofria ao pensar que aquelas obras se perderiam para sempre após a morte do senhor de Sainte Colombe. Ele não sabia como seria sua vida nem a época futura. Queria conhecê-las antes que fosse tarde demais.

Ele deixava Versalhes. Chovesse ou nevasse, ia noite adentro até o Bièvre. Como antigamente, amarrava o cavalo no lavadouro, na estrada de Jouy, para que não ouvissem os relinchos, depois seguia pelo caminho úmido, contornava o muro junto à margem e entrava sob a cabana úmida.

O senhor de Sainte Colombe não tocava aquelas árias, ou ao menos nunca interpretava árias que o senhor Marais não conhecesse. Na verdade, o senhor de Sainte Colombe tocava cada vez mais raramente. Longos silêncios, durante os quais ele falava consigo mesmo, aconteciam com frequência. Durante três anos, quase todas as noites, o senhor Marais ia à cabana se perguntando: "Será que ele vai tocar aquelas árias esta noite? Será esta a noite?"

XXVII

Finalmente, no ano de 1689, na noite do vigésimo terceiro dia, quando o frio estava intenso, a terra coberta de granizo e o vento queimava os olhos e as orelhas, o senhor Marais galopou até o lavadouro. A lua brilhava. Não havia nuvem no céu. "Oh!", exclamou o senhor Marais, "a noite está pura, o ar cortante, o céu mais frio e eterno, a lua redonda. Ouço na terra o estalido dos cascos do meu cavalo. Talvez seja esta noite."

Ficou no frio, apertando a capa negra contra o corpo. O frio era tão intenso que vestira por baixo da roupa uma pele de carneiro virada do avesso. Contudo, sentia frio nas nádegas. Seu sexo estava encolhido e congelado.

Escutou às escondidas. Sua orelha doía, colada na madeira gelada. Sainte Colombe se divertia fazendo soar em vão as cordas da viola. Com o arco, tocou algumas passagens melancólicas. Algumas vezes, como era comum acontecer, ele falava. Em seguida, nada fazia. Sua maneira de tocar parecia negligente, senil, desolada. O senhor Marais aproximou os ouvidos de uma fenda entre as ripas de madeira para tentar compreender o sentido das palavras que, por instantes, o senhor de Sainte Colombe ruminava. Mas não compreendeu. Percebeu apenas palavras desprovidas de sentido, como "pêssegos amassados" ou "embarcação". O senhor de Sainte Colombe tocou a *Chaconne Dubois*, que apresentava outrora nos concertos com as filhas. O senhor Marais reconheceu o tema principal. A peça terminou, majestosa. Ele ouviu, então, um suspiro, e depois Sainte Colombe a pronunciar baixinho estes lamentos:

"Ah! Não me dirijo senão a sombras que já ficaram muito velhas! Que já não se movem! Ah, se além de mim houvesse no mundo algum ser vivo que apreciasse a música! Conversaríamos! Eu a transmitiria a ele e poderia morrer descansado."

O senhor Marais, tremendo de frio do lado de fora, suspirou por sua vez. E suspirando mais uma vez, bateu de leve na porta da cabana.

"Quem está aí suspirando no silêncio da noite?"

"Um homem que foge dos palácios e busca a música."

O senhor de Sainte Colombe soube de quem se tratava e se alegrou. Inclinou-se e entreabriu a porta, empurrando-a com o arco. Pela abertura passou um pouco de luz, mais fraca, porém, que a luz que derramava da lua cheia. Marin Marais se mantinha agachado na entrada. O senhor de Sainte Colombe inclinou-se para a frente novamente e disse àquele rosto:

"O que buscais na música, senhor?"

"Busco os lamentos e as lágrimas."

Então empurrou a porta da cabana por completo e se levantou. Tremia. Saudou cerimoniosamente o senhor Marais, que entrou. De início calaram-se. O senhor de Sainte Colombe sentou-se no tamborete e disse ao senhor Marais:

"Sentai-vos!"

O senhor Marais sentou-se, ainda envolto na pele de carneiro. Tinha os braços paralisados pelo embaraço.

"Senhor, posso vos pedir uma última lição?", perguntou o senhor Marais, animando-se de súbito.

"Senhor, posso tentar uma primeira lição?", retorquiu o senhor de Sainte Colombe com uma voz surda.

O senhor Marais inclinou a cabeça. O senhor de Sainte Colombe tossiu e disse que desejava falar. Falava aos solavancos.

"É difícil, senhor. A música existe simplesmente para dizer o que a palavra não pode dizer. Nesse sentido, ela não é de todo humana. Descobristes, então, que ela não é para o rei?"

"Descobri que era para Deus."

"E vos enganastes, pois Deus fala."

"Seria para os ouvidos?"

"Isso de que não consigo falar não é para os ouvidos, senhor."

"Seria para o ouro?"

"Não, o ouro nada tem de audível."

"A glória?"

"Não. Não passam de nomes que se vangloriam."

"Seria para o silêncio?"

"O silêncio não é senão a outra face da linguagem."

"Para os músicos rivais?"

"Não!"

"O amor?"

"Não."

"O lamento do amor?"

"Não."

"O abandono?"

"Não, não."

"Seria para um *biscuit* que se oferece ao invisível?"

"Tampouco. O que é um *biscuit*? É algo que se vê. Que tem gosto. Que se come. Que não é nada."

"Não sei mais, senhor. Creio que se deve deixar uma taça para os mortos..."

"Matai-vos, então."

"Um pequeno manancial para aqueles que a linguagem abandonou. Para a sombra das crianças. Para as marteladas dos sapateiros. Para os estados que antecedem a infância. Quando não respirávamos. Quando estávamos sem luz."

No rosto velhíssimo e rígido do músico brotou, depois de alguns instantes, um sorriso. Tomou a mão gorda de Marin Marais em sua mão magra.

"Senhor, ainda há pouco me ouvistes suspirar. Vou morrer em pouco tempo e minha arte vai comigo. Apenas minhas galinhas e meus gansos lamentar-me-ão. Confiar-vos-ei uma ou duas melodias capazes de despertar os mortos. Vamos!"

Tentou se levantar, mas se deteve.

"Antes de mais nada, é preciso que busquemos a viola de minha falecida filha Madeleine. Eu vos farei ouvir *As lágrimas* e *A barca de Caronte*. Eu vos farei ouvir *Túmulo dos lamentos* na íntegra. Ainda não encontrei entre meus alunos um ouvido para ouvi-las. Acompanhai-me."

Marin Marais tomou-o pelo braço. Desceram os degraus da cabana e se dirigiram para a casa. O senhor de Sainte Colombe confiou ao senhor Marais a viola de Madeleine. Estava coberta de poeira. Limparam-na com suas mangas. Em seguida, o senhor de Sainte Colombe encheu um prato de estanho com alguns *biscuits* enrolados. Voltaram para a cabana com o jarro, a viola, as taças e o prato. Enquanto o senhor Marais retirava a capa preta e a pele de carneiro, jogando-as no chão, o senhor de Sainte Colombe abriu um espaço e pôs a escrivaninha no centro da cabana, perto da lucarna por onde se avistava a lua branca. Com o dedo úmido de saliva, após tê-lo passado nos lábios, enxugou duas gotas de vinho tinto que tinham caído da garrafa revestida de palha, ao lado do prato. O senhor de Sainte Colombe entreabriu o caderno de música de marroquim enquanto o senhor Marais vertia um pouco de vinho *cuit* e tinto em sua taça. O senhor Marais aproximou a vela do livro de música. Olharam, fecharam o livro, sentaram-se e afinaram as violas. O senhor de Sainte Colombe contou o compasso de espera e deixaram os dedos posicionados. Foi assim que tocaram *As lágrimas*. No momento em que o canto das duas violas ascendeu, eles se olharam. Choravam. A luz que penetrava na cabana pela fenda tornara-se amarela. Enquanto as lágrimas escorriam lentamente sobre seus narizes, faces e lábios, eles sorriam um para o outro. Só de madrugada o senhor Marais retornou a Versalhes.

Posfácio de época

O editor

Partindo deste princípio, de que os primeiros homens que tentavam imitar a voz humana através de vários instrumentos, fabricados de diferentes maneiras, buscavam aquele que melhor a imitasse, [...] não se pode contestar que nenhum outro instrumento chegou tão perto quanto a viola, que se difere da voz humana apenas por não articular palavras [...].[1]

APRESENTAÇÃO

Como seria um posfácio escrito à época em que se passa a história deste livro e que não comprometesse a ficção, já que se trata de uma narrativa inventada e escrita séculos depois, apesar dos personagens reais e fatos verossímeis? *Quem* escreveria sobre esses dois músicos que foram, naquele tempo, dois dos mais aclamados gambistas franceses, além de compositores?

Jean Rousseau – que não se confunda com o filósofo francês Jean-Jacques Rousseau – foi gambista

---

1 Jean Rousseau, *Traité de la viole*. Paris, 1687, p. 2.

e aluno de Sainte Colombe (por pouquíssimo tempo) e escreveu um tratado de viola da gamba, *Traité de la viole* (1687), que, além do prestígio de que gozou em seu tempo, homenageia Sainte Colombe, a quem foi dedicado. *"A monsieur de Sainte Colombe"* [Ao senhor de Sainte Colombe], escreve na epístola.

Ao prefaciar o tratado, e portanto toda a discussão sobre a técnica da viola da gamba, Rousseau demonstra admiração pelo mestre Sainte Colombe e pelo músico mais jovem, e também brilhante, Marin Marais. Mas quem foram esses dois a quem o teórico, gambista e também compositor oferece elogios e admiração?

Sobre Sainte Colombe pouco se sabe, nem mesmo seu primeiro nome, a data e o lugar de nascimento e morte são conhecidos. Deixou inúmeras peças para viola solo, além de duetos de caráter pedagógico: uma parte superior, mais fácil, a ser tocada pelo aprendiz, e outra mais grave e difícil, a ser executada pelo mestre. Dentre as poucas menções conhecidas, aparece nas famosas crônicas biográficas de Évrard Titon du Tillet (1677-1762), *Le Parnasse françois*:

> É verdade que, antes de Marais, Sainte Colombe já atraía atenção na viola; chegou a dar concertos em sua casa, onde duas de suas filhas tocavam, uma na viola mais aguda e a outra na mais grave, e formavam com o pai um trio de violas.[2]

---

2 Évrard Titon du Tillet, *Le Parnasse françois*. Paris, 1732, p. 624.

De Marin Maris sabe-se mais: filho de sapateiro, nasceu no ano de 1656 em Paris, onde também morreu, em 1728; estudou composição com Jean-Baptiste Lully (1632-87), além das aulas de instrumento com Sainte Colombe por seis meses;[3] compôs inúmeras peças instrumentais, sobretudo para viola da gamba, além de óperas e peças sacras. Casou-se com Catherine d'Amicourt, com quem teve dezenove filhos. Titon du Tillet dedica as seguintes palavras ao músico:

> Pode dizer-se que Marais levou a viola ao seu mais alto grau de perfeição, e que foi o primeiro a mostrar toda sua extensão e beleza pelo grande número de excelentes peças que compôs neste instrumento, e pela forma admirável como as executou.[4]

Esses dois músicos, que aparecem na seção que abre o tratado de Jean Rousseau,[5] são não só personagens reais, mas também – e sobretudo – protagonistas de um romance.

O que se diria então sobre Sainte Colombe e Marin Marais em um posfácio? Quanto aos trechos que seguem, cabe ressaltar que não se pretende simplesmente informar o leitor e apresentar documentos reais a fim de aproximar a ficção da realidade.

---

3 Essas aulas são citadas por Évrard Titon du Tillet em suas crônicas biográficas, mas é interessante notar que não se conhece nenhuma menção de Marin Marais a elas.
4 Évrard Titon du Tillet, *op. cit.*, p. 624.
5 Jean Rousseau, *op. cit.*, "Dissertation sur l'origine de la viole", pp. 23-25.

Não se trata de apresentar uma breve biografia dos protagonistas de *Todas as manhãs do mundo*. Seria um erro fatal. Os dois excertos reproduzidos a seguir (epístola e últimos três parágrafos da primeira seção do tratado) prestam-se exclusivamente à ficção, ao "fazer de conta", apesar de serem fontes históricas. É, sobretudo, uma homenagem.

Então *façamos de conta*, como se costuma fazer em romances, de que as palavras de Jean Rousseau foram escritas, de fato, para um POSFÁCIO DE ÉPOCA.

TRAITÉ DE LA VIOLE (1687)
Jean Rousseau

Ao senhor de Sainte Colombe

Senhor, se as obrigações que temos para com o senhor Lambert pela perfeição do canto em voga na França tornaram indispensável que lhe dedicasse o meu Método de Música, que contém seus fundamentos, essa mesma razão leva-me, Senhor, a homenagear-vos hoje com este meu *Tratado de viola* como sendo aquele a quem esse instrumento deve toda a sua perfeição. Pois todos sabem que é graças às vossas instruções, e particularmente ao belo porte de mão que vós nos ensinastes, que a viola supera facilmente todos os outros instrumentos e é capaz de imitar com perfeição os mais belos traços e toda a delicadeza do canto. Todos os mestres dessa arte, que seguem com fidelidade os rastros que vós tão felizmente traçastes, reconhecem o quanto vos somos gratos. Quanto a mim, Senhor, estou muito feliz por encontrar a ocasião de transmitir-vos o testemunho de meu reconhecimento, e também das vantagens que tive ao aprender de vós tudo o que pude sobre o instrumento do qual trato. Assim, deveis considerar esta obra um riacho que retorna à fonte. Que possais, Senhor, acolhê-la favoravelmente, e, se não a considerais indigna de vossa aprovação, não lhe recusais a proteção que ela vos pede, em nome daquele que, Senhor, será por toda a vida, com grande respeito e forte paixão, vosso muito humilde e obediente servo,

J. Rousseau.[6]

[...]

Os primeiros homens que se distinguiram na França na arte da viola foram os senhores [André] Maugars e [Nicolas] Hotman, que eram igualmente admiráveis, embora fossem de caracteres diferentes. O primeiro tinha tanto conhecimento e técnica que, a partir de um tema de cinco ou seis notas que lhe propusessem, criava variações em uma infinidade de maneiras, até esgotar tudo

6 *Idem*, "Epístola", s. p.

o que pudesse ser feito, por meio de acordes assim como de diminuições; o segundo foi quem começou, na França, a compor peças com harmonias precisas para a viola, a conceber belos cantos e a imitar a voz, de modo que era muito mais admirado pela execução suave de uma simples canção do que pelas peças mais exuberantes e eruditas. A suavidade do modo de tocar provinha dos belos golpes de arco, e abrandava com tanta habilidade que encantava a todos que o escutavam, e foi isso que começou a dar à viola sua perfeição, e a torná--la mais estimada que qualquer outro instrumento.

Ao mesmo tempo, havia também um beneditino, homem admirável por variar um tema de imediato e de mil maneiras surpreendentes, a quem chamavam padre André. A lembrança das coisas admiráveis que ele fazia com a viola o torna admirado ainda hoje pelos mais ilustres de nossa época que o escutaram, os quais admitem que, se ele tivesse tido condições de fazer desse instrumento uma profissão, teria deixado nas sombras todos de seu tempo.

De todos que aprenderam a tocar viola com o senhor Hotman, pode-se dizer que o senhor de Sainte Colombe foi o aluno por excelência e, mais ainda, que ele o ultrapassou em muito, pois, além dos belos golpes de arco que aprendeu com o senhor Hotman, é a ele que devemos particularmente esse belo porte de mão que deu à viola seu último aprimoramento, tornando-lhe a execução mais fácil e clara, e graças ao qual ela imita os mais belos ornamentos da voz, que é o único modelo para todos os instrumentos. É também ao senhor de Sainte Colombe que devemos o acréscimo da sétima corda à viola, o que aumentou em um quarto sua extensão. Foi ele, também, que introduziu as cordas recobertas de prata em uso na França e que continuou pesquisando tudo o que poderia dar maior perfeição a esse instrumento, se isso fosse possível. Não podemos tampouco duvidar que é seguindo seus passos que os mais habilidosos de nosso tempo se aperfeiçoam, particularmente o senhor Marais, cujo conhecimento e bela técnica o distinguem de todos os outros, fazendo-o ser admirado com justiça por quem o escuta. Aqueles que têm o dom de agradar devem-no aos princípios do senhor de Sainte Colombe, e quem quiser buscar a perfeição na arte da viola por outros meios dela se afastará, de forma que jamais a encontrará.[7]

7 *Idem*, "Dissertation sur l'origine de la viole", pp. 23-25.

TODAS AS MANHÃS DO MUNDO, PRIMEIRA TRADUÇÃO DA ZAIN, COMPOSTA EM SOURCE SERIF PRO SOBRE PAPEL PÓLEN NATURAL 80 G/M² PARA O MIOLO E CARTÃO SUPREMO 250 G/M² PARA A CAPA, FOI IMPRESSA PELA IPSIS GRÁFICA E EDITORA, EM SÃO PAULO, EM JUNHO DE 2023. ESTE LIVRO TAMBÉM É FILME, DE MESMO NOME, E ANO 1991. ASSISTA, OUÇA E ESCUTE.

ZAIN – LITERATURA & MÚSICA.

TÉRMINO DA LEITURA: _____